AF834394

www.ingramcontent.com/pod-product-compliance
Lightning Source LLC
LaVergne TN
LVHW071354071026
849558LV00074B/473
9789369086559

کہانیوں کی محفل

(بچوں کی کہانیاں)

مرتبہ:

سید حیدرآبادی

KahaniyouN ki Mehfil *(Short Stories)*

by: Syed Hyderabadi

Edition: November '2025

Publisher :

Taemeer Publications LLC (Michigan, USA / Hyderabad, India)

ISBN 978-93-6908-655-9

9 789369 086559

کتاب	:	**کہانیوں کی محفل**
مرتب	:	**سید حیدرآبادی**
صنف	:	ادب اطفال
ناشر	:	تعمیر پبلی کیشنز (حیدرآباد، انڈیا)
سالِ اشاعت	:	۲۰۲۵ء
صفحات	:	۴۸
سرورق ڈیزائن	:	تعمیر ویب ڈیزائن

فہرست

ابتدا

ایک مہذب اور باوقار معاشرے کی تعمیر، ملک کی خوشحالی اور قوم کے روشن مستقبل کے لیے نوجوانوں کا ادب کل بھی اہم تھا اور آج بھی بنیادی اہمیت رکھتا ہے۔ نوجوانوں کے لیے لکھی گئی کتابوں کی زبان نسبتاً آسان ہونی چاہیے، اور بیان کا لہجہ ایسا ہو کہ قاری انہیں دلچسپی سے پڑھے، خوشی محسوس کرے اور اس کے بعد بھی دیرپا سکون پائے۔ یہ کتاب، "کہانیوں کی محفل"، ممتاز اردو ادیبوں کی لکھی ہوئی چند ایسی ہی حیرت انگیز، پُراسرار اور دلچسپ مختصر کہانیوں کا مجموعہ ہے۔

نافرمان چوزہ کی کہانی میں ایک شرارتی چوزہ بڑوں کی بات نہ ماننے کا انجام دیکھتا ہے۔ وہ جب ہر کسی کی مدد سے انکار کرتا ہے تو مشکل وقت میں اسے بھی کسی کی مدد نصیب نہیں ہوتی۔ پرستان کی سیر دو دوستوں کو 'الف لیلیٰ' کی دنیا میں لے جاتی ہے، جہاں وہ اپنے تمام پسندیدہ کرداروں سے ملتے

ہیں اور حقیقی دنیا کی واپسی کے لیے ایک دلچسپ بھاگ دوڑ کرتے ہیں۔ چندا ماموں ایک ایسے بچے کی داستان ہے جو چاند کے سحر میں کھویا رہتا ہے، مگر بالآخر یہ سبق سیکھتا ہے کہ خواب محض تخیل سے پورے نہیں ہوتے بلکہ ان کے لیے عملی محنت اور سائنسی علم درکار ہے۔ بے وقوفوں کی بستی میں نادان لوگ ایک بلی کی خوراک کو بھینس سمجھ کر ایک ایسی تباہ کن افراتفری کا شکار ہوتے ہیں جو ان کی پوری بستی کو راکھ میں تبدیل کر دیتی ہے۔ اور آخری کہانی، امید کا دیا، ایک غریب لیکن پُرعزم ماں کی جدوجہد پیش کرتی ہے جو اپنے بیٹے علی کی تعلیم کے لیے ہر تکلیف برداشت کرتی ہے اور بالآخر ایک نیک دل شخص کی مہربانی سے اپنے خواب کی تکمیل کی راہ پاتی ہے۔

ہماری خواہش ہے کہ یہ کہانیاں آپ کے دل و دماغ کو ایک نئی روشنی عطا کریں۔

۱

نافرمان چوزہ

ڈاکٹر ذاکر حسین

ایک بڑی سی مُرغی نے ایک بڑے سے ٹوکرے میں بہت سی گھاس پھوس اکٹھی کی اور اس نرم نرم گھاس پر بہت سے سفید سفید انڈے دیے اور بس دن رات ان پر بیٹھنا شروع کیا۔ ایک ہفتہ گزرا، دو ہفتے گزرے، تین ہفتے گزرے کہیں اکیسویں دن جا کر انڈے کھٹ کھٹ ٹوٹنا شروع ہوئے اور ہر انڈے میں سے ایک ایک ننھا منا بچہ نکلا۔ ان کے چھوٹے چھوٹے پر کیسے نرم تھے اور کیسے گرم، ہر بچہ روئی کا گالا معلوم ہوتا تھا۔

ماں بھی کتنی خوش ہو گی، لیکن پھر بھی اسے ذرا سی فکر باقی تھی۔ ایک انڈا رہ گیا تھا جس میں سے ابھی تک کچھ نہ نکلا تھا۔ بے چاری ماں اس کو اپنے پروں سے گرمی پہنچا رہی تھی اور اللہ تعالیٰ سے دعائیں مانگ رہی تھی کہ اس میں سے بھی ایسا ہی پیارا بچہ نکلے جیسے اور انڈوں سے نکلتے ہیں۔

اس فکر میں دعائیں مانگتے مانگتے دو دن گزر گئے کہ چوبیسویں دن صبح تڑ کے انڈے کے اندر سے کسی نے کھٹ کھٹ کر کے انڈے کو توڑ دیا۔ انڈا جو ٹوٹا تو ایک ننھا سا بچہ نکلا۔

یہ بچہ بھی نرالا تھا، ایسا کالا جیسے کاجل، یا جیسے کالا کوا ہوتا ہے، یا اگر تم نے دیکھا ہو تو جیسے رات کا اندھیرا اور اس پر طرہ یہ کہ اس بچے کا ایک ہی بازو تھا۔ ایک ہی ٹانگ تھی اور ایک ہی ننھی سی آنکھ۔ جو اس آدھے لنڈورے کو دیکھتا تو اسے ہنسی آجاتی۔ اس پر لطف یہ کہ یہ میاں لنڈورے تھے بھی بلا کے شریر، انہیں جو سوجھتی نرالی سوجھتی۔

ایک دن یہ نرالا بچہ اپنی ماں کے پاس گیا اور کہنے لگا۔ "اماں! میں گھر میں نہیں رہوں گا۔ میں تو جا کر بادشاہ کا محل دیکھوں گا اور بادشاہ سے ملوں گا۔"

"ارے میرے پیارے، میرے ننھے لنگڑو۔ "ماں نے کہا۔" کیسی باتیں کرتا ہے؟ مجھے ان باتوں سے ڈر لگتا ہے۔ چھوٹے بچوں کو چاہیے چین سے گھر پر رہیں اور ماں کے پروں میں خوب گرم گرم رات کاٹیں۔"

لیکن میاں لنگڑے نے ایک نہ سنی۔ سر ہلایا، اپنا ایک بازو پھڑ پھڑایا، اپنی کالی آنکھ ادھر اُدھر چلائی اور "چیپ چیپ۔ خدا حافظ" کہتے ہوئے اُچک اُچک کر لنگڑاتے ہوئے گھر سے نکل گئے۔

سڑک کے کنارے ایک جگہ آگ جل رہی تھی۔ اس کے پاس پہنچے، آگ نے کہا۔ "میاں لنگڑے! ذرا اپنی ننھی سی چونچ میں دو چار تنکے اٹھالاؤ اور مجھے دے دو کہ میں ذرا اور اوپر جل لوں۔" مگر میاں لنگڑے نے ایک نہ سنی۔ اپنا سر ہلا کر اپنا ایک بازو پھڑ پھڑایا، اپنی کانی آنکھ ادھر اُدھر چلائی اور "چیپ چیپ۔ نہیں ہمیں خود جلدی ہے، ہم بادشاہ سے ملنے جارہے ہیں۔" کہتے ہوئے آگے چل دیے۔

کچھ دور چلے تو ایک چھوٹا سا چشمہ ملا۔ اس کا پانی راستے کے کنارے کنارے بہہ رہا تھا، چشمے نے کہا۔ "میاں لنگڑے، دیکھو میرے راستے میں یہ دو چار کنکر آپڑے ہیں، انہیں ذرا اپنی چونچ سے ہٹادو کہ میں زیادہ آرام سے بہہ سکوں۔" مگر میاں لنگڑے نے ایک نہ سنی۔ اپنا سر ہلایا اپنا ایک بازو پھڑ پھڑایا، اپنی کانی آنکھ ادھر ادھر چلائی اور "چیپ چیپ۔ نہیں ہمیں خود جلدی ہے، ہم بادشاہ سے ملنے جارہے ہیں" کہتے ہوئے آگے چل دیے۔

لنگڑاتے ہوئے کچھ اور آگے بڑھے تو ایک بڑی سی جھاڑی ملی۔ جھاڑی کے کانٹوں میں بے چاری ہوا کا دامن پھنس گیا تھا اور وہ ادھر اُدھر سے نکل کر چلتی تھی۔ اس نے اس نرالے مرغی کے بچے کو جو دیکھا تو بولی۔ "میاں لنگڑے مسافر! خدا کے واسطے رحم کرو اور مجھے اس جھاڑی

میں سے نکال لو۔ اس کے کانٹے بڑے تیز ہیں اور بہت چبھتے ہیں" مگر لنگڑے نے ایک نہ سنی۔ اپنا سر ہلایا، اپنا ایک بازو پھڑ پھڑایا، اپنی کانی آنکھ ادھر اُدھر چلائی اور "چیپ چیپ۔ نہیں ہمیں خود جلدی ہے۔ ہم بادشاہ سے ملنے جارہے ہیں۔" کہتے ہوئے آگے چل دیے اور کودتے پھاندتے بادشاہ کے محل میں پہنچ گئے۔

بادشاہ کا باورچی ایک مرغی کا چوزہ پکڑنے نکلا تھا کہ بادشاہ کے ناشتے کے لیے پکائے۔ اس نے جو یہاں لنگڑے کو اچکتے ہوئے دیکھا تو انہیں جھٹ سے پکڑ لیا اور دیگچی میں ڈال آگ پر چڑھا ہی تو دیا۔

میاں چوزے نے چلانا شروع کیا۔ "دہائی ہے دُہائی۔ بی آگ، بادشاہ سلامت کی دُہائی ہے۔ خدا کا واسطہ ہے۔ مجھے جلاؤ نہیں۔" مگر آگ برابر جلے گئی اور جلائے گئی، اسے جواب دیا کہ۔" نہیں نہیں اب میرا موقع ہے۔ میں تمہاری مدد نہ کروں گی۔ جب مجھے ضرورت تھی تو تم جلدی میں تھے، اب مجھے جلدی ہے۔"

تھوڑی دیر تک میاں چوزے دیگچی میں پڑے اُبلتے رہے کہ بادشاہ کا بڑا باورچی آیا۔ اس نے جو ڈھکن اُٹھا کر دیکھا کہ یہ چوزہ تو کالا ہے کوئلہ سا اور اس کی ہر چیز آدھی ہی آدھی تو اس نے دیگچی سے نکال کر اسے باہر پھینک دیا اور باورچی سے کہا کہ" دوسرا چوزہ لاؤ۔ یہ کالا چوزہ بادشاہ

سلامت کے سامنے نہیں جا سکتا۔"

باورچی خانے میں ایک نالی تھی، لنگڑا چوزہ اس کے پاس گیا اور کہنے لگا۔ "میاں پانی! تمہیں بادلوں کی قسم، سمندر کی قسم، ذرا مجھے ٹھنڈا کر دو۔ بالکل جل گیا ہوں۔" مگر نالی میں پانی آہستہ آہستہ بہنے لگا اور مسکرا کر بولا۔ "نہیں نہیں۔ میں تمہاری مدد نہیں کر سکتا، جب مجھے تمہاری ضرورت تھی تو تم اس وقت کیسے جلدی میں تھے، اب میرا موقع ہے۔ میں جلدی میں ہوں۔"

ادھر سے ہوا کا تیز جھونکا آیا اور میاں چوزے اس میں اُڑ گئے۔ اب انہیں ڈر لگنا شروع ہوا کہ نہ جانے یہ ہوا کہاں لے جا پھینکے تو لگے ہوا کی خوشامد کرنے۔ "بی ہوا مجھے اِدھر اُدھر دھکے نہ کھلاؤ، ذرا تو چین سے رہنے دو۔" لیکن ہوا نے ہنس کر سیٹی بجائی اور کہا۔ "نہیں نہیں اب مجھ سے کیا مدد مانگتے ہو، جب مجھے تمہاری ضرورت تھی، تو تم بڑی جلدی میں تھے۔ اب میں جلدی میں ہوں، میرے پاس وقت نہیں کہ تمہاری بات سنوں۔"

یہ کہہ کر ہوا نے جو زور سے اوپر کا رُخ کیا تو میاں لنگڑے ایک مینار کی چوٹی پر جا کر اٹک گئے اور ابھی تک وہیں لٹکے ہیں۔ جب ہوا چلتی ہے تو اس کے ساتھ ساتھ مڑ کر لوگوں کو ہوا کا رخ بتاتے ہیں۔

مرغی کا کوئی چھوٹا بچہ اس کے پروں سے نکل کر ادھر اُدھر جاتا ہے تو دُکھیاری مرغی ٹھنڈا سانس بھرتی ہے اور انہیں اس لنگڑے بھائی کا قصہ سناتی ہے، جو شرارت کی وجہ سے ہمیشہ کے لیے مینار پر ٹنگا لوگوں کو ہوا کا رخ بتلاتا ہے۔

***

۲

پرستان کی سیر

قرۃالعین حیدر

آپ نے سینکڑوں کہانیاں پڑھی اور سنی ہوں گی جو قریب قریب ایک ہی طرح سے شروع ہوتی ہیں یعنی۔ "کسی زمانے میں ایک بادشاہ رہاکرتا تھا۔۔" لیکن یہ کوئی نہیں جانتا کہ کِس زمانے میں کس مُلک میں وہ رہتا تھا۔ خیر اب ہماری کہانی سُنیے جس کا لفظ لفظ سچّا ہے۔

تھوڑے دنوں کا ذکر ہے صبح کا وقت تھا اور بارش ہورہی تھی۔ ہم اپنے اسکول کی لائبریری کی کتابیں اُلٹ پُلٹ رہے تھے۔ تھوڑی دیر بعد بارش کی وجہ سے مِس بینر جی نے ہماری کلاس کو چُھٹی دے دی گئ اور کہا۔۔ "جب بارش ذرا کم ہو تو گھر چلی جانا۔"

چنانچہ ہم لوگ لائبریری میں کتابیں ڈھونڈنے لگے تاکہ پڑھ کر وقت کاٹیں۔

ہاں تو ہم کتابیں چھانٹ کر برآمدے کے پکّے فرش پر بیٹھے۔ کچھ لڑکیاں موسیقی کے کلاس روم کی طرف چلی گئیں۔ اور کُچھ اِدھر اُدھر ٹہلنے لگیں۔

میرے ہاتھ میں انگریزی کی الف لیلہ تھی۔ پاس ہی کچھ اور کتابیں پڑی تھیں۔ میں اور سوشیلا برآمدے کی دیوار سے لگے بیٹھے تھے۔ سوشیلا کی نظریں سامنے والے آم کے درخت پر تھیں۔ شاید وہ معلوم کرنا چاہتی تھی کہ بارش اور ہَوا سے کتنے آم نیچے ٹپکے ہیں۔

میں نے کتاب بند کر کے کہا۔ "سوشی، ہم ہمیشہ کتابوں میں پڑھتے آئے ہیں کہ ایک بَونا درخت کے تنے میں سے باہر کُود آیا۔ ایک سنہری بطخ بھاگی۔ پریاں چاند کی کرنوں کی سیڑھی پر سے اُتر آئیں اور یہ اور وہ...... ہمیں خود بھی اسی قسم کی چیز نظر آجاتی تو کتنا مزا ہوتا۔ ہیں نا؟"

سوشیلا نے جواب دیا۔ "ایسا ہو کیوں نہیں سکتا مگر۔۔۔ مگر ہمیں ایک پَر والے گھوڑے کی ضرورت ہے تاکہ اس پر بیٹھ کر ہم کہانیوں کی بستی کی سیر کریں۔"

یہ سُن کر مجھے ایک دم کچھ یاد آگیا۔ میں نے کہا۔ "ہاں۔ پھر جنگل میں ہمیں ایک جادوگرنی ملے گی۔ جس کی جھونپڑی چلتی پھرتی نظر آئے گی۔"

سوشیلا بولی۔ "اور ایک بادشاہ ہوگا۔ اس کی لڑکی کو ایک دیو نے کہیں

قید کر رکھا ہو گا۔ پھر ہم سنہرے پرندے کی مدد سے اسے چھڑا لائیں گے۔"

میں نے کہا۔ "لیکن شہزادوں کو دیو کی قید سے چُھڑانے کے لئے تو شہزادے جاتے ہیں جنھوں نے چودہ برس سورج کو نہ دیکھا ہو یا جنگل میں شکار کھیلتے کھیلتے راستہ بھول گئے ہوں۔ ہم شہزادے تھوڑی ہیں۔"

ہم دونوں پر الف لیلہ پڑھنے لگے۔ بارش اور زیادہ تیز ہو گئی۔ موسیقی کے کلاس روم میں سے رضیہ اور رمیش کے گانے کی آوازیں آ رہی تھیں۔ سارے اسکول پر سنّاٹا چھایا ہوا تھا۔ آٹھویں کلاس کے پیچھے جو باغ ہے وہاں سے لڑکیوں کے ہنسنے کی مدّھم آوازیں سُنائی دے رہی تھیں۔

میں نے کہا۔ "شاید مسز وائٹ نہیں ہیں جب ہی تو لڑکیاں پانی میں بھیگ کر آم چُن رہی ہیں۔"

ہم پھر کتاب پڑھنے میں مشغول ہو گئے۔

یکا یک مجھے ایک آواز نے چونکا دیا۔ جو کہیں دُور سے آ رہی تھی۔ جیسے چاندی کی ننّھی ننّھی سی گھنٹیاں بج رہی ہوں۔ وہ آواز کہہ رہی تھی "سوشیلا دیوی۔ سوشیلا دیوی!" سوشی نے حیران ہو کر پوچھا کون ہے؟ کیا مِس فرینک ہیں؟"

میں نے جواب دیا۔ " کہیں یہ پرستان کی آواز تو نہیں؟"

سوشی کہنے لگی۔ "کیا پتہ کوئی آٹھ فٹ کا لمبی داڑھی والا بونا۔شاہ بلُوط کے تنے میں سے ہم کو پُکار رہا ہے۔"

میں عقل مندی سے سر ہلا کر بولی۔ "ہو سکتا ہے۔"

سوشی کہنے لگی۔ "دیکھو شاید باغ میں جادو کا گھوڑا آگیا ہو اور ہم سچ مُچ پرستان میں پہنچ جائیں۔" اور ہم دونوں باغ میں اُتر گئے۔

اب میں آپ کو یہ تو بتانا نہیں چاہتی کہ وہاں "جادو کا گھوڑا" تھا یا نہیں کیونکہ آپ ضرور ہنسیں گے مگر نہ معلوم کس طرح ہم ایک ایسی جگہ پہنچ گئے جو ہم نے پہلے کبھی نہ دیکھی تھی۔ پرستان سمجھ لیجئے آپ۔ یا وہ ملک جہاں کہانیاں بنائی جاتی ہیں۔

پھر ہم نے اپنے آپ کو ایک بڑے سے ہال میں پایا۔ میں نے اُسے غور سے دیکھا کہ کہیں یہ ہمارے اسکول کا اسمبلی ہال تو نہیں۔ مگر صاحب وہاں پر تو پریاں بیٹھی تھیں پریاں! میں نے بچپن سے لے کر اب تک کہانیوں میں جن کے متعلق سُنا تھا وہ سب اس ہال میں موجود تھے۔ بادشاہ کا عقل مند بوڑھا وزیر، اسنووائٹ سِنڈریلا، جادوگرنیاں، خرگوش دربان، سپاہی۔ شہزادے۔ سونے کا انڈا دینے والی مرغیاں، جادو کا رُوپہلے پروں والا ہنس۔ کہاں تک گناؤں۔ وہاں کون کون تھا۔ ابھی میں سب کو اچھی طرح دیکھنے بھی نہ پائی تھی کہ اسکول کے گھنٹے بجنے کی آواز سنائی دی۔

میں نے جلدی سے سوشیلا کو بلایا۔ جو مزے سے بیٹھی اسنو وائٹ سے باتیں کر رہی تھی۔ میں نے کہا "سوشیلا۔ بھاگو جلدی سے اسکول میں چھٹّی ہو گئی، اب تک سب لڑکیاں بس میں بیٹھ چکی ہوں گی۔"

ہم دونوں نے سَر پر پیر رَکھ کر بھاگنا شروع کیا۔ راستے میں مجھے ایک خرگوش نظر آیا۔ جو کوٹ پتلون پہنے عینک لگائے اخبار پڑھ رہا تھا۔ اس کے پاس ایک لومڑی ہاتھ میں دستی پنکھا لیے بیٹھی چائے پی رہی تھی۔ میں نے پرستان کی ایک نشانی ساتھ لے جانے کی غرض سے اُس کی پنکھیا چھین لیں اور پھر بھاگنا شروع کر دیا۔ اسکول کے باغ میں داخل ہو کر ہم برساتی کی طرف گئے جہاں لڑکیاں موٹر بسوں میں سوار ہو رہی تھیں۔

جب میں اپنی موٹر میں بیٹھ چکی تو مجھے لومڑی کی جاپانی پنکھیا کا خیال آیا۔ میری حیرت کی کوئی انتہا نہ رہی جب میں نے دیکھا کہ وہ پنکھیا مسز وائٹ کے ساتھ میں ہے اور وہ اسکول کے برآمدے میں کھڑی اُسے ہلا ہلا کر مِس فرینک سے باتیں کر رہی ہیں۔

میں اب تک حیران ہوں کہ پرستان کی لومڑی کی وہ زرد جاپانی پنکھیا مسز وائٹ کے ہاتھوں میں کیوں کر پہنچ گئی۔

***

۳

چندا ماموں

ڈاکٹر سارہ الیاس

منے میاں کو چاند بہت ہی پیارا لگتا تھا۔

امّی بتاتی ہیں ابھی اپنی گردن تک نہیں سنبھال سکتے تھے جب ٹُکر ٹُکر چاند کو تکا کرتے اور روتے روتے تب تک چپ نہ ہوتے تھے جب تک اُنھیں "چندا ماموں دُور کے" نہ سنایا جاتا۔

خیر تب تو بچے تھے اور بچے ہر چمکتی چیز کو پسند کرتے ہی ہیں، مگر اللہ جانے کیا بات تھی کہ بڑے ہو کر بھی وہ چاند کے سحر سے نہ نکل پائے۔

ارے ہمارے جتنے بڑے نہیں آپ جتنے بڑے۔ بیٹھے چاند کو دیکھ رہے ہیں۔ بہن بھائی، دوست سب کھیلوں میں مگن ہیں۔ یہ میاں بیٹھے چاند دیکھ رہے ہیں۔ چلو، اپنا اپنا شوق ہوتا ہے، یہاں تک تو خیر تھی مگر اب ہوتا کیا کہ اُستاد صاحب نے بچوں کو گھر کا کام (ہوم ورک) دیا کہ:

"میرے بہترین دوست" پر مضمون لکھ لائیں تو مُنّے میاں کا مضمون کچھ یوں شروع ہو رہا تھا:

"یوں تو میرے کئی دوست ہیں، مگر میرا بہترین دوست چاند ہے۔"

قائداعظم پر مضمون لکھنے کی باری آئی تو لکھتے ہیں:

"سکے کے ایک طرف قائد اعظم کی تصویر ہوتی ہے اور دوسری طرف چاند کی!" اور آگے جادوئی کہانیوں سے سیکھا اَلم غَلم چاند کے بارے میں درج کر آتے۔

چھوٹے بھیّا کو فضول خرچی سے بچنے کی ترغیب دینے کو خط لکھنے کا کہا گیا تو مُنّے میاں کے قلم نے کچھ ایسے گل کھلائے:

"پیارے بھائی! ہم نے وعدہ کیا تھا کہ پائی پائی جوڑ کر رکھیں گے، پھر ایک راکٹ کی ٹکٹ کٹوا کر چاند پر جائیں گے، یہ جو تم نے اُلٹی سیدھی چیزیں کھانے پر پیسے لگانے شروع کر دیے ہیں تو ہمارے بچپن کے خواب کا کیا ہو گا...؟"

شروع شروع میں تو سب مذاق ہی سمجھتے رہے، پھر اَمی بابا نے اُنھیں سمجھایا۔ مگر وہ بھلا کہاں سمجھ پا رہے تھے۔

جس دن اُنھوں نے علامہ اقبال پر مضمون میں یہ لکھا کہ علامہ اقبال کا شاہین آسمان پر اُڑتا ہے اور اسی آسمان میں چاند نکلتا ہے تو اُستاد جی نے

گن کر پانچ ڈنڈے اُن کے ہاتھوں پر برسائے، مگر مُنّے میاں کہاں سدھرنے والے تھے۔ رات کو چھت پر کھڑے ہو کر چاند کو سُنا رہے تھے کہ کیسے اُنھیں چاند کے تذکرے پر ڈنڈے پڑے۔

بڑے بھیا نیچے صحن میں چکر کاٹ کر کل کا سبق یاد کر رہے تھے، اُنھوں نے سنا تو پہلے اپنی ہنسی کو دبایا پھر اوپر جا کر منّے میاں سے سارا ماجرا سنا۔

"منے! بھئی تمھیں کیسے سمجھاؤں۔ دیکھو، تمھیں چاند تارے اچھے لگتے ہیں، اُن کے پاس جانا چاہتے ہو... ہیں ناں؟"

"ہوں..."

"تو یوں ہر مضمون کا، کان پکڑ کر چاند تک لے جانے سے کیا تم چاند پر پہنچ جاؤ گے...؟"

"نہیں..."

"پھر؟... چاند پر کیسے جا سکتے ہیں؟"

"کیسے بھلا؟"

"ارے بدھو! بتاؤ تو چاند پر کون گیا تھا؟"

"نہیں معلوم۔"

"اچھا! کوئی طریقہ تم نے سوچا ہو؟"

"میں نے سوچا ہے کہ روز چاند سے باتیں کروں گا۔ کسی دن اللہ میاں چاندنی کی سیڑھی بنائیں گے اور میں اُس پر چڑھ کر چاند پر پہنچ جاؤں گا۔"

بھیا کا دل چاہا، اپنا سر پیٹ لیں۔ "یہ چاند چڑھائے گا یا چاند پر جائے گا...!" اُنھوں نے سوچا، مگر کیا کرتے بڑے تھے۔ سر پر چوٹ لگانے کا خیال دل سے نکال کر اسے سمجھانے لگے۔

"ہاں! یہ بھی ایک طریقہ ہے، مگر..."

"مگر کیا بھیا...!"

مُنّے میاں کے کان کھڑے ہو گئے تھے۔

"مگر اس میں یہ خامی ہے کہ تم خود کچھ نہیں کر سکتے سوائے انتظار کے... اور پتا ہے ناں اللہ میاں بھی محنت کا صلہ دیتے ہیں۔ ایسے نہیں کہ بس ہاتھ پر ہاتھ دھرے بیٹھے رہو اور چاند پر چڑھ جاؤ۔"

اُس دن منے میاں کے دل کو بھیا کی بات لگ گئی۔

اُنھوں نے اچھا پڑھنا شروع کیا، خاص طور پر سائنس۔ اب اُنھیں پتا چل گیا تھا کہ نیل آرم اسٹرانگ سب سے پہلے چاند پر پہنچا تھا۔ اب وہ چاند پر چرخہ کاتنے والی بڑھیا سے ملنے نہیں، اللہ کی بنائی ہوئی چیزوں کو دیکھنے جانا چاہتے تھے۔

خیر اب کیا لمبی کہانی سنائیں آپ کو، بس یہ بتا دیتے ہیں کہ:

NASA

پچھلے دنوں خلائی ادارے ناسا نے بچوں میں ایک مقابلہ کروایا تھا، اُس میں آپ کے مُنّے میاں نے بھی ایک راکٹ کا ماڈل بنا کر بھیجا تھا، جو کم ایندھن استعمال کر کے زیادہ دیر خلا میں رہ سکتا تھا۔

اُن لوگوں کو مُنّے میاں کا یہ آئیڈیا اتنا پسند آیا کہ اُنھیں نہ صرف پہلا انعام ملا بلکہ اُن کا نام محفوظ کر لیا گیا ہے۔ چاند پر جب اگلا مشن بھیجا جائے گا، تب ننھے میاں بھی تین اور بچوں کے ہمراہ چاند کے مہمان بنیں گے۔

ابتدائی تعلیم مکمل کرنے کے بعد وظیفے پر اُنھیں آسٹرونومی پڑھنے کا موقع بھی ملے گا اور کیا جانے مستقبل میں وہ ایسا راکٹ بنا بھی دیں کہ اُن کے ساتھ ساتھ ہم اور آپ بھی چندا ماموں کے پاس جا کر ملاقات کر سکیں۔

* * *

۴

بے وقوفوں کی بستی

آغا شید اکاشمیری

بے وقوفوں کی یہ بستی آج سے سیکڑوں برس پہلے کوہِ قاف کے پاس تھی لیکن اب وہاں اس کا نام و نشان تک موجود نہیں۔ بستی کے رہنے والے اپنی جہالت اور بے وقوفی کی وجہ سے ساری دُنیا میں مشہور تھے۔ اچنبھے کی بات یہ تھی کہ انھوں نے اپنی زندگی میں بلی کبھی نہیں دیکھی تھی اور وہ بلی کے نام، اُس کی شکل سے بھی بالکل ناواقف تھے۔ اس کا نتیجہ یہ نکلا کہ بستی چوہوں سے کھچا کھچ بھر گئی۔ جدھر دیکھو چوہے ہی چوہے۔ ادھر چوہے، ادھر چوہے۔ کوئی گھر ایسا نہ تھا جو ان سے آباد نہ ہو۔ لوگ اس قدر پریشان تھے کہ وہ ہر قیمت پر ان سے جان چھڑانا چاہتے تھے۔ اُنھوں نے کئی مرتبہ اکٹھے ہو کر اس بارے میں مشورے بھی کیے، لیکن نتیجہ وہی ڈھاک کے تین پات۔ کوئی مناسب ترکیب سمجھ میں نہ آئی۔

ایک دن شام کے وقت ایک مسافر بستی میں داخل ہوا اور سرائے میں رات گزارنے کے لیے چلا گیا۔ مسافر اکیلا نہ تھا۔ اس کے ساتھ ایک خوب موٹی پلی ہوئی بلی بھی تھی۔ یہ بلی چوہوں کا شکار کرنے میں بڑی ماہر تھی۔ چوہے سرائے میں ہر طرف چھلانگیں لگا رہے تھے۔ بلی پہلے تو ایک لمحے کے لیے ان موٹے تازے چوہوں کو ادھر ادھر گھومتے پھرتے دیکھتی رہی۔ آخر اُس سے رہا نہ گیا اور خوشی سے اس کی باچھیں کھل گئیں۔ وہ شست باندھ کر فوراً کودی اور چوہوں پر دھاوا بول دیا۔ کچھ مارے گئے ،کچھ زخمی ہوئے، کچھ بھاگ کر جان بچانے میں کامیاب ہو گئے۔ سرائے میں جتنے لوگ موجود تھے وہ یہ بھگدڑ دیکھ کر بہت حیران ہوئے اور باہر سے لوگوں کو بلا بلا کر بلی دکھانے لگے، جو چوہے کھانے میں مصروف تھی۔ وہ سب اس عجیب و غریب جانور کو بڑے غور اور تعجب سے دیکھ رہے تھے۔ ان میں سے ایک نے کہا:

"اگر یہ کار آمد جانور ہمیں مل جائے تو چند ہی دنوں میں چوہوں سے نجات حاصل کی جا سکتی ہے۔"

انھوں نے آپس میں مشورہ کرنے کے بعد بلی کے مالک کو ایک ہزار روپے کی تھیلی پیش کی اور بلی خرید لی۔ مالک کو اور کیا چاہیے تھا۔ ٹکے کی بلی ایک ہزار روپے میں بیچ کر وہ پھولا نہ سماتا تھا۔ لیکن ساتھ ہی اس کے دل

میں یہ بات بھی بیٹھ گئی کہ بستی کے سارے لوگ بیوقوف ہیں۔ لہٰذا یہاں سے فوراً بھاگ جانا چاہیے۔ چنانچہ اگلے ہی روز وہ صبح سویرے وہاں سے چل پڑا۔ اُسے خوف تھا کہ کہیں اُنھیں بلی کی اصل حقیقت کا پتا نہ چل جائے اور وہ اس سے اپنا روپیہ واپس نہ لے لیں۔

اس کے جانے کے بعد بستی والوں کو خیال آیا کہ ہم نے مسافر سے یہ تو پوچھا ہی نہیں کہ اِس جانور کی خوراک کیا ہے۔ اُنھوں نے ایک آدمی اُس کے پیچھے دوڑایا۔ جب مسافر نے دیکھا کہ کوئی شخص اس کا پیچھا کر رہا ہے تو اس کا دل زور زور سے دھڑکنے لگا۔ اس نے اپنی رفتار اور بھی تیز کر دی۔ اُس آدمی نے چلا کر کہا:

"او میاں، او بھائی! ہمیں اس جانور کی خوراک تو بتاتے جاؤ۔ وہ کھاتا کیا ہے؟"

مسافر نے جب سُنا کہ وہ خوراک کے بارے میں پوچھ رہا ہے تو اُس کی جان میں جان آئی۔ وہ مڑا اور وہیں سے گلا پھاڑ کر اُس نے کہا:

"دُودھ اور روٹی۔"

پیچھا کرنے والا چونکہ بستی کے مورکھوں میں سے تھا لہٰذا وہ دودھ اور روٹی کو بھینس موٹی سمجھا۔ اس نے دل ہی دل میں کہا۔ "اُف! یہ جانور موٹی بھینس کھاتا ہے۔ اب کیا ہو گا۔ ہم گھی اور دودھ کہاں سے کھائیں

گے۔ ہمارے بچے دودھ کے بغیر کیسے جئیں گے۔"اسی پریشانی میں وہ بستی میں پہنچ گیا۔ جب بستی والوں نے یہ ماجرا سنا تو وہ بھی بہت پریشان ہوئے۔ سارے مورکھ مشورہ کرنے لگے کہ موٹی بھینسیں میں تو چند ہی دنوں میں ختم ہو جائیں گی۔ اور پھر وہ پتلی بھینسیں کھانا شروع کر دے گی۔ اور جب وہ بھی ختم ہو جائیں گی تو بکرے بکریوں کی باری آجائے گی۔ جب یہ بھی ختم ہو جائیں گے تو کیا عجب یہ ہمیں ہی کھانا شروع کر دے۔ یہ سن کر عورتوں نے بے تحاشا رونا شروع کر دیا۔ ان کی دیکھا دیکھی بچے بھی رونے لگے۔ بچوں کو روتا دیکھ کر مردوں نے بھی دھاڑیں مار مار کر رونا شروع کر دیا۔ اس زور کا کہرام پڑا کہ کان پڑی آواز سنائی نہ دیتی تھی۔ جب وہ رو رو کر تھک گئے تو ایک بڑے بوڑھے نے آنسو پونچھتے ہوئے کہا۔"اب رونے دھونے سے کیا فائدہ۔ ہم سمجھ دار ہیں۔ ہمیں چاہیے کہ کوئی حل تلاش کریں۔"

تمام مورکھ پھر سر جوڑ کر بیٹھے۔ جتنے منہ اتنی باتیں۔ کوئی کچھ کہتا، کوئی کچھ۔ آخر ایک بہت بڑے عقلمند نے کہا۔" سنو!"چاروں طرف خاموشی چھا گئی۔ سب اس کی بات سننے کے لیے بے چین نظر آنے لگے۔ عقلمند نے گلا صاف کرتے ہوئے کہا۔"اسے زہر دے دیا جائے۔ نہ رہے بانس اور نہ بجے بانسری۔"چاروں طرف سے واہ واہ کے نعرے بلند ہونے

لگے۔ اتنے میں مجمع میں سے ایک آدمی اُٹھا۔ اس کے چہرے پر ابھی تک خوف اور پریشانی کے آثار نظر آرہے تھے۔ اس نے ایک لمبی اور ٹھنڈی سانس لینے کے بعد کہا۔ "تم سب لوگ واقعی بے وقوف ہو۔ شاید تم یہ بھول گئے ہو کہ یہ جانور موٹی بھینس کھاتا ہے۔ زہر نہیں کھاتا۔ جس کے منہ کو خون لگا ہو وہ زہر کیسے کھا سکتا ہے؟" دوسرے ہی لمحے سارے مجمع پر موت کی سی خاموشی چھا گئی اور لوگوں کے چہروں پر ہوائیاں اُڑنے لگیں۔ عورتوں نے رونا شروع کر دیا۔ پھر بچے رونے لگے۔ غرض ساری کی ساری بستی پھر پہلے کی طرح رونے میں مصروف ہو گئی۔ آخر ایک اور عقلمند اُٹھا اور اس نے کہا۔ عورتیں روتی ہیں تو بچے بھی رونا شروع کر دیتے ہیں، بچوں کا رونا ہم سے دیکھا نہیں جاتا اور ہمیں بھی مجبوراً رونا پڑتا ہے۔ اس لیے عورتوں کو گھروں میں بھیج دیا جائے تاکہ ہم لوگ خاموشی سے کوئی سکیم سوچ سکیں۔"

یہ لوگ بلی سے اس قدر خوف زدہ تھے کہ ان میں سے ایک نے کہا۔ "یہ کیسے ہو سکتا ہے کہ ہم بچوں اور عورتوں کو اکیلے گھروں کو بھیج دیں۔ اس خوفناک جانور نے موٹی بھینس کھانے کے بجائے اگر انھیں کھانا شروع کر دیا تو ہم اس کا کیا بگاڑ لیں گے۔ ہائے کیسی منحوس تھی وہ گھڑی جب مسافر یہاں آیا اور ہم نے اس جانور کو خریدا۔ اس کم بخت سے تو

چوہے ہی ہزار درجے بہتر تھے۔"

آخر فیصلہ یہ ہوا کہ جب تک بلی کو مارنے کی کوئی معقول تجویز سمجھ میں نہ آجائے بچوں اور عورتوں کو کہیں نہ جانے دیا جائے۔ سب نے اس بات کو پسند کیا اور سوچ بچار کرنے لگے۔

آخر ایک ترکیب ان کی سمجھ میں آہی گئی جس پر سب نے اتفاق کیا اور خوشی سے ناچنے لگے۔ ترکیب یہ تھی کہ بلی اس وقت جس گھر میں ہے اُسے فوراً آگ لگادی جائے لہٰذا انھوں نے ایک لمحہ ضائع کیے بغیر اس گھر کو آگ لگادی۔ جب شعلے پھیلنے لگے اور بلی نے خطرہ محسوس کیا تو اس نے بڑے اطمینان سے کھڑکی سے چھلانگ لگادی اور دوسرے مکان میں چلی گئی۔

جب انھوں نے بلی کو شعلوں میں سے صحیح سلامت نکلتے ہوئے دیکھا، تو وہ مارے خوف کے تھر تھر کانپنے لگے۔ اور انھوں نے فوراً ہی دوسرے گھر کو بھی آگ لگادی۔ جب بلی وہاں سے تیسرے گھر میں کود گئی تو ان کی پریشانی اور غصے میں اور بھی اضافہ ہو گیا اور انھوں نے تیسرے گھر کو بھی جلا کر خاک کر دیا۔

غرض مکانوں کو آگ لگانے کا یہ سلسلہ اس وقت تک جاری رہا جب تک کہ ساری بستی جل کر راکھ کا ڈھیر نہ بن گئی۔

آخر میں لوگوں نے دیکھا کہ بلی اس راستے پر بھاگی جا رہی ہے جس راستے سے صبح اس کا مالک گیا تھا۔ وہ لوگ یہ دیکھ کر بہت خوش ہوئے۔ اس خوشی میں اُنھوں نے ایک جشن منایا اور دیر تک ایک دوسرے پر جلے ہوئے مکانوں کی راکھ ڈالتے رہے۔

٭٭٭

۵

امید کا دیا

یاسمین حفیظ

گلو ایک سات سال کا گول مٹول بچہ تھا... معصوم اور پیارا سا۔ ریلوے لائن کے متوازی بسی ہوئی بستی میں وہ اپنی ماں کے ساتھ رہتا تھا۔ اس کی بستی کیا تھی غربت، افلاس اور بیماریوں کی آماجگاہ تھی۔ چند ٹوٹی پھوٹی جھونپڑیاں اور ان جھونپڑیوں میں سسکتی ہوئی زندگی تھی۔ مرد بستی کے چھوٹے چھوٹے کام کرتے تھے اور عورتیں چوڑیاں بیچتی تھیں۔ بعض عورتیں پوش علاقوں میں جاکر گھروں میں صفائی ستھرائی کا کام کرتی تھیں۔ گلو اور گلو کی ماں بھی اس بستی میں رہتے تھے... افلاس زدہ ماحول میں رہ کر بھی گلو کی ماں چاہتی تھی کہ گلو پڑھ لکھ کر بڑا آدمی بن جائے۔ گلو کی ماں جسے بنگلے والے مائی شریفہ کہتے تھے۔ اس کی اچھی عادتوں کی وجہ سے اسے بے حد پسند کرتے تھے۔

شریفہ کو چوری سے نفرت تھی، کیونکہ چوری ایک بد فعل ہے اور ہمارے نبی صلی اللہ علیہ وسلم نے چور کا ہاتھ کاٹنے کے حکم کے ساتھ ساتھ انتہائی ناپسندیدہ قرار دیا۔ وہ جھوٹ اور غیبت سے بھی پرہیز کرتی تھی۔ اس کی مالکن نے شریفہ کی اچھی عادتوں کی وجہ سے اسے گھر میں آنے کی اجازت دے دی تھی، ورنہ بستی کی دیگر عورتوں کی طرح وہ بھی باہر کے حصے کی صفائی کر کے اُجرت لے کر گھر لوٹ آتی تھی۔ مالکن نے شریفہ کے صاف ستھرے لباس اور کام کی لگن دیکھ کر اسے اپنے اُترن اور باسی کھانے بھی دینے لگی تھی۔ بوسیدہ کپڑے اور باسی کھانے دے کر شاید وہ غریبوں کا خیال کرنے کا نیک عمل کر رہی تھی۔ اللہ کو راضی کرنے کے لئے۔ اللہ تو تب راضی ہوتا ہے جب بندہ وہی دوسرے کے لئے پسند کرے جو وہ اپنے لئے پسند کرتا ہے... اللہ نیتوں کو دیکھتا ہے، جو ہر عمل کے پیچھے کارفرما ہوتا ہے۔

مالکن کی اس خداترسی سے شریفہ کے حالات کافی بہتر ہو گئے تھے۔ وہ صاف ستھری رہتی تھی۔ باسی ہی سہی مگر اچھے کھانے سے اس کی صحت بھی اچھی ہو گئی تھی۔ شریفہ بڑی دلجمعی سے کام کرتی تھی۔ مالکن اس کی اجرت اس کے ہاتھ میں دے دیتی اور وہ خوشی خوشی شام ڈھلے گھر لوٹ آتی تھی۔ مگر شریفہ کی خوشی دیرپا ثابت نہ ہوتی تھی... گلو کا ابا تنگ و

تاریک گلیوں میں لڑکھڑاتے ہوئے آتا اور ساری رقم چھین کر لے جاتا۔

شریفہ کافی دیر تک روتی دھوتی رہتی اور پھر جھونپڑی کے ایک کونے میں پڑجاتی تھی۔ گلو کو پڑھا لکھا کر بڑا آدمی بنانے کا خواب شرمندہ تعبیر ہوتا دکھائی نہ دیتا تھا۔ وہ محنت کرتی تھی۔ اپنے گلو کے لئے، پیسے جمع کرنا چاہتی تھی، تاکہ وہ اسکول جاسکے۔ مالکن کے بچے بھی گلو کے ہم عمر تھے۔ یونیفارم پہن کر پانی کی تھرماس اور لنچ بکس ہاتھ میں لئے وہ بڑی سی گاڑی میں بیٹھتے تھے۔ مالکن انہیں پیار بھری نگاہ سے دیکھتے ہوئے الوداعی انداز میں ہاتھ ہلاتی تھی تو وہ یہ منظر اپنی آنکھوں میں چھپا لیتی تھی۔ شریفہ کو اس منظر سے بڑا پیار تھا۔ بارہا اس نے بچوں کی جگہ گلو کو رکھ کر دیکھا تھا۔ وہ بھی اپنے گلو پر نثار ہوتی، نگاہ ڈال کر الوداعی کلمات ادا کر رہی ہوتی تھی کہ گدڑی میں چھپا ہوا کوئی کھٹمل اسے حقیقت کی سنگلاخ زمین پر لا پٹختا تھا۔ پھر وہ اپنی بوسیدہ سی جھونپڑی کے افلاس زدہ گھر میں پر سکون سوتے ہوئے گلو کو دیکھتی تھی۔ گلو سات سال کا گورا چٹا بچہ، اپنے سپنوں میں پریوں کے سنگ مسکراتا تو ماں کو اس پر بے تحاشا پیار آجاتا تھا... وہ اسے پیار کرتے ہوئے اپنے عزم کا اعادہ کرتی تھی۔

صبح شریفہ کے لئے کوئی خوشگوار نہ ہوتی تھی۔ وہ اپنے تھکے ماندے جسم کو گھسیٹ کر پھٹی ہوئی گدڑیوں سے نکالتی... لکڑیاں جلا کر ناشتہ تیار

کرتی اور دل کڑا کر کے گلو کے ابا کے سامنے ناشتہ رکھ دیتی تھی۔ وہ نشے میں جھومتا ہوا بغیر منہ دھوئے ناشتہ کرلیتا۔ اور شریفہ کراہیت سے منہ دوسری طرف پھیرلیتی تھی۔

بنگلے والی مالکن بڑی تیز طرار عورت تھی۔ شریفہ سے اس قدر کام لیتی تھی کہ اس کی ہڈیاں ٹوٹنے لگتی تھیں۔ مگر گلو کو ایک خوشگوار مستقبل دینے کی لگن میں وہ سب کچھ برداشت کررہی تھی۔

وہ ایک خوشگوار سی صبح تھی۔ شریفہ کام میں جتی ہوئی تھی۔ آج مالکن نے اسے کچن میں بھی مصروف کردیا تھا۔ مالکن کا ماربل والا خوبصورت کچن دیکھ کر وہ حیران رہ گئی تھی۔ اتنا صاف ستھرا اور خوبصورت کچن اس نے پہلی بار دیکھا تھا۔ مالکن نے اسے کبھی کچن میں جانے کی اجازت نہ دی تھی اور آج مالکن کا بھائی افضال صاحب ایک طویل عرصے کے بعد دوسرے شہر سے آرہا تھا۔

افضال کی ملازمت اسی شہر میں ہوگئی تھی اور وہ اپنی بہن کے پاس مستقل طور پر آرہا تھا۔ مالکن مسلسل اپنے بھائی کی تعریف و توصیف میں لگی ہوئی تھی... بھائی تو ہوتے ہی پیارے ہیں۔ محبت اور تحفظ کا احساس دینے والے... مالکن کی باتیں سن سن کر شریفہ بہت متاثر تھی۔ شام کے وقت آخر کار اس ہستی کا دیدار ہوا جس کے قصیدے مالکن سارا دن پڑھتی رہتی

تھی۔ افضال ایک درمند اور ملنسار نوجوان تھا۔ اس کی مسکراہٹ میں خوش اخلاقی نمایاں تھی۔ شریفہ کے سلام کا جواب اس نے انتہائی اخلاص سے دیا تو شریفہ کی آنکھیں بھر آئیں۔ مالکن کا بھائی کیسا پیارا ہے۔ مخلص اور درد مند دل رکھنے والا۔

اس نے دل کی گہرائیوں سے افضال کے لئے بے شمار دعائیں کیں۔ افضال بابو اسے بہت اچھا لگتا تھا۔ اس نے گلو کے لئے ڈھیر ساری ٹافیاں اور چاکلیٹ دیے تھے۔ شریفہ اسے دعائیں دیتی نہ تھکتی تھی۔ سورج ڈوبتے ہی وہ بچا ہوا کھانا اور سالن لے کر جھونپڑی میں لوٹ آتی۔ آج اُمید کا ایک جگنو اس کے اندر چمکا تھا۔ اندھیرے گھر میں آس کا دیا ہی کافی تھا۔ اسے جانے کیوں ایسا لگ رہا تھا کہ گلو کی زندگی میں ایک انقلاب بپا ہونے کو ہے۔ وہ بار بار گلو کو سینے سے لگاتی۔ گلو نیند میں کسمسا جاتا تھا۔ سورج کے اُبھرتے ہی وہ گلو کو صاف ستھرا لباس پہنا کر بنگلے میں لے آئی۔ مالکن نے گلو کو دیکھ کر بہت برا منایا...

"ارے شریفہ آج تم کام کرو گی یا بچے پالو گی..."

"نہیں تو، بی بی جی یہ شرارتیں نہیں کرتا۔ بس میرے ساتھ رہے گا۔ "شریفہ نے گھبرا گھبرا کر چاروں طرف دیکھا۔ اس کی بے چین نظریں افضال بابو کو ڈھونڈ رہی تھیں... دس بجے تک وہ کام کرتے کرتے

بڑی بے قراری سے اوپر دیکھتی تھی جہاں بنگلے کے اوپر والے حصے میں افضال بابو ٹھہرے تھے۔ خدا خدا کر کے افضال بابو کا دیدار ہوا۔ وہ ناشتے کی میز پر آئے تو شریفہ نے فرش صاف کرتے ہوئے اُمید و آس سے کہا "افضال بابو... میں اپنا بیٹا گلو لے کر آئی ہوں۔ افضال بابو میں چاہتی ہوں وہ پڑھ لکھ کر بڑا آدمی بن جائے۔ آپ جیسا قابل انسان بن جائے۔ افضال نے چونک کر اس خواب زدہ عورت کی طرف دیکھا، جس کی انگلیاں فرش رگڑتے رگڑتے فگار ہو چکی تھیں... کتنے خوبصورت خواب تھے اس عورت کے۔ غربت، بیماری اور لاچاری کے باوجود اپنے بچے کو ایک اچھا انسان بنانے کا سپنا اس کی آنکھوں میں تھا۔

"ہاں ہاں مائی شریفہ گلو ضرور پڑھے گا۔ لکھ پڑھ کر معاشرے کا کارآمد فرد بنے گا۔ ایک پکا مسلمان ایک سچا پاکستانی... دنیا کی صفوں میں پاکستان کا نام روشن کرے گا۔" افضال بابو نے گلو کو گود میں اُٹھایا۔ "آؤ شریفہ میں اس کا داخلہ کرانے چلتا ہوں۔"

شریفہ افضال بابو کے آگے بچھی جا رہی تھی۔ اس نے جلدی سے چادر درست کی اور افضال بابو کے ساتھ چل پڑی۔ سیاہ بڑے سے گیٹ سے وہ گلو کو لے کر اندر داخل ہوئی۔

صاف ستھرے کوریڈورز، کھلے ہوادار کمرے جس میں طالب علم صاف ستھری یونیفارم پہن کر علم حاصل کر رہے تھے۔ شریفہ کو سب کچھ اچھا اچھا لگ رہا تھا۔ افضال بابو نے گلو کا نام لکھوایا۔ شریفہ کی غربت، لگن اور علم کی پیاس کو دیکھتے ہوئے پرنسپل صاحب نے اس کی فیس کافی کم کر دی تھی۔ شریفہ بہت ممنون تھی۔ اس کے لبوں سے دعائیں موتیوں کی لڑی کی طرح بکھر رہی تھیں۔ آج شریفہ کو اپنا کام بہت اچھا لگ رہا تھا۔ اس کی ایک دیرینہ خواہش پوری ہو گئی تھی۔

دوسری صبح بستی کے لوگوں نے حیرت سے دیکھا۔ گلو صاف ستھرا یونیفارم پہنے بستہ لٹکائے شریفہ کا ہاتھ پکڑے جا رہا تھا۔ شریفہ کے وجود میں نئے عزم و ہمت کے چراغ روشن تھے۔ اب اسے اور بھی زیادہ محنت کرنا تھی... گلو کے لئے۔ گلو کو قابل انسان بنانے کے لئے۔ آسمان پر بکھرے بادل اس باہمت عورت کو سراہتے ہوئے اس پر سایہ فگن ہو گئے۔

***

منتخب دلچسپ کہانیوں کا ایک اور مجموعہ

کہانی ورثہ

(حصہ: ۱، ۲، ۳)

مرتبہ : سید حیدرآبادی

بین الاقوامی ایڈیشن منظرِ عام پر آچکا ہے